2019. Erste Auflage. Ungekürzt.

Verlag Kunst und Kapitalismus.
Erste Auflage.
Copyright © Alexander Denkert, 2019.
Alle Rechte vorbehalten.
ISBN 9783748108443
Herstellung und Verlag:
BoD- Books on Demand, Norderstedt

ALEXANDER DENKERT

DIE
LETZTE
WOCHE
ROT

Erzählung

I won't say that I feel fine
The Kinks

Montag

Sophie kommt noch einmal herein bevor sie zur Arbeit geht und setzt sich auf die Bettkante. Sie beugt sich zu mir runter, sagt mir ich solle nicht verzagen und fragt, ob sie das Fahrrad heute nehmen kann. Ich reagiere nur mit zustimmendem Brummen. Dann geht sie aus dem Schlafzimmer und ich sehe wie die Katzen ihr folgen und ich rufe ihr noch hinterher. Aber da ist sie schon weg. Ich stehe auf und kontrolliere, ob beide Katzen noch in der Wohnung sind. Dem ist so und ich gehe in die Küche, um das Katzenfutter aus dem Kühlschrank zu nehmen, damit es sich außerhalb davon etwas erwärmen kann bevor ich es gleich verfüttere.

Ich esse eine Banane. Ich greife nach dem Espressokocher und stelle fest, dass der voll kaltem Kaffee ist. Ich erinnere mich daran, dass Sophie gestern im Flur vor meinem Atelier gesagt hat, dass sie vergessen hat Kaffee zu trinken und ich merke jetzt, dass sie sich sehr korrekt ausgedrückt hat. Ich gieße den Kaffee in eine Tasse, stelle diese in einen Topf mit ein bisschen Wasser, lege den Deckel drauf und zünde das Gas am Herd an. Ich kontrolliere ob es eMails oder verpasste Anrufe gibt. Ich erwarte beides, aber außer Newslettern ist nichts dabei. Ich öffne Instagram, dann Twitter, dann Facebook und dann gehe ich zu transfermarkt.de. Bei der Arbeit angekommen schickt Sophie mir einen Link zu einer Ausschreibung deren Bewerbungsfrist dieses Jahr schon abgelaufen ist, aber für die Zukunft wohl interessant sein könnte, wie sie sagt. Ich will mir das nicht anschauen, antworte nur mir *okay*.

Über Whatsapp trete ich mit meiner Mutter in Kontakt. Dafür mache ich süße Bilder von der Katze auf dem Balkon. Sie antwortet mit einem süßen Bild meiner Nichte beim Spielen. Es entsteht kein weiterer Austausch, keine Verabredung zum Telefonieren, kein weiteres Nachfragen die Befindlichkeiten oder Finanzen betreffend.

Ich widme mich dem Säubern der Aquarien. Für gewöhnlich mache ich das an Sonntagen, kam am letzten Wochenende aber nicht dazu. Heute bin ich sehr gründlich und spüle beider Aquarien Filter aus. Das soll man nur machen, wenn sie sehr verstopft sind und kaum noch Strömung erzeugen, da sich im Filter wichtige Bakterien befinden, die die Grundlage des Biotops bilden. Während der ganzen Prozedur mit Scheiben putzen, Mulm absaugen und Wasser wechseln kontrolliere ich immer wieder mein Telefon. Nichts.

Danach verschwende ich meine Zeit im Internet - lese schwachsinnige Kommentare und Artikel zu vorwiegend politischen Themen, zu denen mich Twitter geleitet hat. Der Tinnitus, den ich vor circa einer Woche bemerkt habe, ist jetzt sehr laut. Ich gehe davon aus, dass er psychologische Ursachen hat, dass mein Unterbewusstsein das machen muss, weil ich vor einiger Zeit eine Entscheidung getroffen habe und je näher die Konsequenz, die aus dieser Entscheidung folgt, rückt, desto alarmierender wird das Geräusch. Ich starre an die Wand und stelle mir mein Unterbewusstsein als Tier mit jeder Menge guter Instinkte vor. Und es weiß, dass es dieses Mal ernst ist und es versucht das Bewusstsein nieder zu ringen. Wäre es rational, es könnte mich unterstützen. Ich konzentriere mich auf das Geräusch und höre ihm zu. Es sind zwei Töne auf der rechten Seite. Sie wechseln sich ohne erkennbaren Rhythmus ab. Der höhere überwiegt.

Ich gehe die Treppen runter zum Briefkasten mit einem halb ängstlichen, halb erwartungsvollen Gefühl, aber es ist wie mit dem elektronischen Postfach und dem Telefon. Ich treffe den Nachbarn von schrägoben. Er ist ein ausgesprochen netter Typ. Genau das richtige Maß an Interesse und Redebedarf. Leider glaube ich eine Fahne zu riechen, die den Verdacht in mir erhärtet, den ich schon seit einer Weile habe. Er fragt mich nach den Katzen, die ihm erst kürzlich aufgefallen sind, wie er sagt, und scheint etwas begeistert zu sein. Ich erzähle ihm ein bisschen von ihnen und wir tauschen kurz Katzengeschichten aus der jeweiligen Kindheit aus.

Ich füttere die Katzen zum zweiten Mal und esse selber Mittag. Dabei schaue ich fast in TV-Zeit Rote Rosen in der Mediathek. Beim Kauen bemerke ich einen stechenden Schmerz auf der rechten, vorderen, Seite des Oberfiefers, der mir nicht unbekannt ist. Er kommt immer mal wieder und geht dann aber auch, und unter normalen Umständen würde ich auch zum Zahnarzt gehen, so aber spare ich mir das. So wie mein Teller leer ist gehe ich mit der Serie und einem Kaffee aufs Sofa, lege mir den Kater auf den Bauch und streichle ihn. Dann sehe ich Videos über *Star Wars*, *Twin Peaks* und *The Sopranos*. Alle versprechen mir neue Erkenntnisse und neue Perspektiven, aber kaum eins kann das halten.

Eine Frau tritt auf den Balkon von der Wohnung gegenüber, die genau auf der Höhe unserer Wohnung liegt und hängt Wäsche auf. Sie hat blonde Locken, die von ihrem Kopf wegstehen und nicht ihre Schultern erreichen und trägt ein Tube-Top. Ich kneife meine Augen zusammen um meine Kurzsichtigkeit zu lindern, aber viel bringt das nicht. Sie verschwindet kurz und kommt mit zusammengebundenen Haaren wieder. Auf einmal taucht ein Kind auf, das gerade mal so groß ist, dass man ein Stück Kopf über die Brüstung ragen sieht und das ich am Anfang für eine Katze hielt. Dann ist sie weg und ich warte noch eine Weile bis ich selber auf den Balkon trete um den Katzen beim Grasfressen zuzusehen.

Ich vergleiche Kreditangebote von verschiedenen Banken. Leider sind mir die Zahlen zu abstrakt als dass ich die Angebote beurteilen könnte. Ich gebe auf. Auch weil ich weiß, dass meine Konzentrationsfähigkeit und Geduld dieser Tage sehr gering sind.

Ich gehe also laufen und als ich wieder komme ist Sophie auch schon wieder da und will essen. Mir bleibt keine Zeit zu duschen. Wir schauen zusammen GZSZ und während sie den Tisch abräumt schreibe ich noch eine eMail an eine Stiftung bevor wir auf den Balkon gehen um Radler zu trinken. Wenn es draußen dunkel ist kann ich ihr in die Augen schauen ohne dass sie meine Verzweiflung sieht.

Im Bett suche ich noch eine Playlist oder ein Hörbuch auf dem iPad. Mein Finger tippt unabsichtich irgendwie auf Jesus etc. Sowie Sophie den Song erkennt legt sie ihren Kopf auf meine Brust und kurze Zeit verstehen wir uns wort- und blicklos.

Alexander Denkert

Dienstag

Ich werde sehr zeitig wach. Sophie hat in der Nacht die Balkontür geöffnet, weil ihr wohl zu warm war. Allerdings stopft sie sich auch jeden Abend vorm Einschlafen Ohropax in die Ohren und hört jetzt nicht wie sehr viele, sehr schwere, sehr laute Müllautos über die gepflasterte Straße vor unserem Haus breschen. Ich befinde mich gedanklich noch in einer Zwischenwelt und so beschwere ich mich zwar innerlich über den Lärm, bin aber nicht in der Lage aufzustehen, um die Balkontür zu schließen. Nach einer Weile des Hin- und Herwälzens checke ich kurz Telefon und eMails und wälze weiter. Irgendwann wird Sophie wach und fragt mich wie spät es ist. Ich sage nichts, sie dreht sich wieder um und schläft ein. Dann klingelt ihr Wecker. Sie schreckt auf und ich gleich mit, nur um die Weckfunktion an ihrem Telefon zu unterbrechen und das ganze noch zwei Mal zu wiederholen. Dann steht sie auf. Ich mache das Radio an und schlafe zum Sound des Weltuntergangs wieder ein.

Sophie kommt vom Duschen herein um sich anzuziehen. Sie legt sich leicht auf mich und sagt sie sei stolz auf mich. Das ist nett, aber ich verstehe nicht ganz warum. Sie sagt, weil ich gegen alle Widerstände mein Ding durchziehe. Ich bezweifle, dass das so ist. Sie geht und kommt wieder mit Wassermelone. Ich überprüfe wieder mein Postfach. Die Stiftung hat geantwortet und das macht mich nervös. Sie sagen die Bewerber würden in den kommenden Tagen informiert. Ich versuche aus den Zeilen eine Tendenz herauszulesen und schwanke zwischen beiden Extremen. Ich frage Sophie, was sie davon hält und sie sagt erst, sie würde es ja auch nicht wissen und später, dass sie glaubt ich würde das Stipendium bekommen. Schon alleine wegen der künstlerischen Arbeit sagt sie. Des Textes wegen, sage ich. Der beste Bewerbungstext den ich je geschrieben habe! Dann muss Sophie gehen.

Ich trinke Kaffee im Bett und gehe auf die Internetseite der Stiftung. Ich schaue mir die Stipendiaten der vergangenen Jahre an, frage mich kurz an wie vielen musealen Ausstellungen ich in letzter Zeit so beteiligt war und rechne mir dann meine Chancen aus.

Ich schreibe meinem Bruder eine Nachricht, in der ich ihn frage, ob er sich mit Krediten auskennt, lege das Telefon weg und lese weiter Authority von Jeff VanderMeer. Der Kater niest und ich erschrecke, schaue mich um woher das Geräusch kam, finde ihn oben auf dem Schrank liegend und verstehe erst jetzt was gerade passiert ist.

Ein Handwerker kommt wie angekündigt die Gastherme zu kontrollieren. Er ist sehr jung, mit muskulösen Oberarmen. Etwas trottelig, aber auf eine Art die ich sehr gut von mir selber kenne. Ich stehe eine Weile bei ihm, versuche Smalltalk zu machen, gieße ihm ein Glas Wasser ein, weil er danach fragt. Nach einer Weile kommt es mir komisch vor ihn zu beobachten und ich denke mir, dass es ihm sicher genauso geht - also wechsle ich das Zimmer. Mein Bruder antwortet bezüglich des Kredits wie gewohnt vorsichtig abwartend, vorhersehbar strategisch. Ich spiele einfach mit. Er hat es gern, wenn man ihm unterlegen ist. Ich gehe ins Badezimmer, mache das Radio an und erfahre, dass Boris - und Lillie Becker sich scheiden lassen. Ich wechsle den Sender augenblicklich und stelle auf Deutschlandfunk. Es ist Sophie, die morgens lieber die größten Hits der 80er, 90er und von heute, als den Bericht der letzten Bombardierung Syriens hört. Ich kann verstehen, dass man dem Horror der Welt ein stückweit medial aus dem Weg gehen will, man kann das Radio aber auch ausgestellt lassen. Auf den Anruf auf den ich gestern gewartet habe, habe ich auch schon Sonntag gewartet und mittlerweile erwarte ich ihn nicht mehr. Ich melde mich bei Richard, der mir überhaupt erst gesagt hat, dass ich diesen Anruf erhalten werde. Er sagt es tue ihm leid. Nach der heutigen Folge Rote Rosen mache ich mich auf den Weg ins Atelier. Ich fahre mit der Straßenbahn, weil Sophie bei schönem Wetter das Fahrrad nehmen will. Oft kommt das nicht vor, aber da es ihr Fahrrad ist, habe ich in den seltenen Fällen keine Chance. Die Verkehrsanbindung von Weißensee ist eine Katastrophe und so benötige ich die dreifache Zeit von Tür zu Tür. Im Bus habe ich den Gedanken ich sei krank, weil ich glaube mit jeder Frau hier drinnen Sex haben zu wollen. Ich überprüfe diesen Gedanken und schaue mir jede Passagierin einzeln an und mir fällt auf, dass ich nur mit zweien von ihnen schlafen würde. Ich steige eine Station eher aus, um noch in den Baumarkt zu gehen, um weiße Mückenlarven zu kaufen.

Im Atelierhaus fällt mir auf, dass Alfons da ist. Wir sind Nachbarn, sehen uns aber manchmal für Monate nicht, weil unsere Arbeitszeiten so unterschiedlich sind. Es ist als würden wir in verschiedenen Zeitzonen leben. Wir reden wie immer erst tief ins Detail gehend über Fußball. Er ist 60er und ich HSV-Anhänger - unser Leid verbindet, was unsere Freundschaft aber nicht nötig hätte. Dann gehen wir über zu wichtigeren Dingen und kommen natürlich zum Schluss, dass die meisten Leute bescheuert sind. Oder wie Alfons es sagt *deppert*.

Ein Anruf meines Bruders unterbricht uns. Er rät mir davon ab einen Kredit bei einer Bank aufzunehmen und bietet mir stattdessen an mir Geld bei ihm zu leihen. Er müsse das zwar vorher noch mal durchrechnen, aber bei so einer geringen Summe sollte das kein Problem sein. Er redet davon, dass er einen kleinen Vertrag aufsetzen wird. Er fragt mich, ob ich kleine Raten zurück zahlen kann und ich sage ihm zum wiederholten Male, dass ich das nicht weiß und dass es jetzt nur darum gehen würde den nächsten Monat zu überleben. Er stockt kurz. Allerdings ist er keiner, der, wenn er etwas nicht versteht nachfragt um zu verstehen. Er wiederholt einfach alles was er grad schon einmal gesagt hat und wenn es sein muss auch noch einmal und noch einmal. Er erklärt mir das Prinzip der Kreditvergabe und spätestens als er sagt *Du bist alt genug* will ich einfach nur noch raus aus diesem Telefonat. Ich frage mich, ob er die Bedeutung des Wortes Verzweiflung jemals erfasst hat oder ob es ihm überhaupt schon mal auf irgendeiner Weise über den Weg gelaufen ist.

Ich setze mich auf meinen weißen Lederstuhl und

starre an die Wand an der ich immer male. Da hängen zwei Arbeiten, die noch im Prozess sind. Mein Tinnitus hämmert, meine rechte Gesichtshälfte wird taub. Ich atme tief. Ich versuche über meinen Bruder zu lachen. Es wäre nicht so traurig, wenn es nicht auch ein bisschen lustig wäre.

Sophie ruft an und fragt, wann ich heute nach Hause komme und ob sie eine Freundin einladen kann. Sie muss natürlich nicht fragen, ob sie jemanden einladen darf - sie ist nur höflich. Im Gegensatz zu mir, da ich durch meine Gefühlslage nur sehr einsilbig antworten kann. Ich weiß nicht, warum ich jetzt noch malen soll. Ich mache es trotzdem.

Ich habe einen kurzen Nachrichtenaustausch mit Paul. Seine Freundin hatte heute einen Termin beim Ultraschall und dem Baby gehts gut. Sophie sagt mir, dass sie nun doch keinen Besuch empfängt und fragt, ob sie Spargel machen soll. Ich sage ihr, dass ich nicht weiß wie lange ich hier noch brauche.

Auf dem Rückweg nehme ich einen Bus, der mich zum Bahnhof in Pankow fährt. Auf den Bus mit dem ich für gewöhnlich fahre hätte ich noch zwanzig Mi-

nuten warten müssen und was mit den Straßenbah-
nen los ist, ist mir ein großes Rätsel. Von Pankow
aus nehme ich die uBahn und ich versuche meinen
Tinnitus vom Gepiepe und Gedröhne der Geräte hier
drinnen zu unterscheiden. Auf der Straße bemerke
ich wie sich der Druck in meinem Kopf erhöht hat.
Hinter meinen Augen, über meinen oberen Backen-
zähnen, in meinen Ohren, als könnte ich den Tinnitus
nicht mehr nur hören sondern mit meiner Ohrmuschel
erfühlen.

Es wimmelt von Typen in kurzen Hosen und mit Ba-
secaps auf dem Kopf, obwohl es schon dunkel ist.
Ich gehe noch zu Rewe und kaufe zwei Radler mit so
einem Ploppverschluss, die Sophie und ich zu Hause noch trinken. Sie hat irgendeine Playlist von mir
angemacht und wir singen leise im Flüsterton mit, so
das wir uns kaum hören *I started a joke*.

In der Nacht träume ich von meinem Bruder. Im ers-
ten Traum visualisiert er sich mir als eine zwölfjäh-
rige Version meines Cousins, aber ich weiß, dass es
mein Bruder ist. Im zweiten Traum erschrecke ich
mich wahnsinnig vor ihm und der Schreck ist alles

woran ich mich nach dem Aufwachen erinnern kann.

Mittwoch

Mein Kopf wiegt 100 Kilogramm und drückt sich durchs Kissen in die Matratze ohne sonderlich zu schmerzen. Sophie wird wach und fragt, ob ich Kaffee machen kann. Ich gebe nur ein leises Murren von mir. Nach einer Weile steht sie auf und lässt beim Rausgehen die Katzen rein. Ich schlafe wieder halb ein und schrecke durch Gerumpel unterm Bett auf. Ich versuche meinen Körper aufzufalten und ihn leichter zu machen und atme sehr tief ein. Mein Brustkorb hebt sich und knackt.

Ich warte bis Sophie gegangen ist, stehe auf, gehe meine Runde durch die Wohnung und füttere die Fische. Ich beobachte einen kranken Fisch. Das Thermometer im Wasser zeigt 28°C an. Ich befülle einen kleinen Plastikbeutel mit Eiswürfeln, lege diesen ins Aquarium und hoffe, dass das die Temperatur etwas senkt.

Meine Halsschmerzen vom Morgen sind etwas zurückgegangen, mein Tinnitus auch. Ich schaue in den Spiegel. Irgendetwas ist da unter meinem Auge. Das ist neu. Ein Punkt.

Im Internet lese ich, dass Robert Lewandowski die Bayern verlassen will und dass eine Frau Philip Roth, wegen seiner Darstellung jüdischer Frauen in New Jersey, auch nach seinem Tod noch kritisieren will. Twitter hat mich für zwölf Stunden gesperrt, weil ich letzte Woche einem rechtsextremen Politiker empfohlen habe tot umzufallen.

Ich brauche nicht einmal zwei Stunden für eine Bewerbung für ein Stipendium. Wenn man glaubt nichts zu verlieren zu haben und wenn man ohnehin keine sechs Monate in Rheinland-Pfalz verbringen will, dann schreibt sich das Motivationsschreiben fast von alleine. Eine zweite Bewerbung, die ich heute auch noch machen wollte, verschiebe ich auf morgen, da die online zu erledigen ist.

Dann gehe ich auf den Balkon, beobachte die Katzen, wie sie auf der Brüstung sitzend nach unten schauen und Dinge aufmerksam verfolgen die ich nicht verstehe. Ich gieße die Pflanzen, wie es Sophie mir noch kurz vorm verlassen der Wohnung zugerufen hat. Die Gießkanne ist voll mit Wasser, das ich am Montag aus dem Aquarium geholt habe. Es passen in etwa zehn Liter rein. Ich gieße die Rosen und die Margeriten, eine lustig aussehende Blätterwucherung mit vereinzelten lila Blüten, die meine Mutter vor ein paar Wochen mitgebracht hat, das Katzengras und die Töpfe in denen irgendetwas wächst das der Wind hergetragen hat. Sogar den Kübel, in den die Katze ab und zu rein pinkelt. Beim Anheben der Kanne beobachte ich wie die Adern an meinen Armen hervortreten. So sehr, dass sie einen Schatten werfen, wenn die Sonne drauf scheint.

Ich schaue eine Folge Rote Rosen und zeichne nebenher. Nach einer Weile geht das Licht im Aquarium wieder an. Ich beschließe die Fische zu füttern und bemerke wieder das kranke Perlhuhnbärbling-Weibchen von zuvor. Ein Pilz hat sie befallen und ihren

Kopf deutlich deformiert. Der Pilz frisst sich regelrecht in den Fisch hinein und irgendwann sicher auf. Bis jetzt ist mir das so deutlich nicht aufgefallen. Der linke Unterkiefer fehlt und sie hat demzufolge Probleme beim Fressen. Als wir den Schwarm beim Züchter geholt haben ist mir aufgefallen, dass einer der Fische einen weißen Fleck hinten an der Seite trug. Der Züchter arbeitet beim Leibnitz-Institut, Abteilung Ökophysiologie und Aquakultur und ich dachte mir, dass dem so eine Unregelmäßigkeit sicher aufgefallen wäre und dass er uns diesen Schwarm nicht mitgegeben hätte, wenn dieser Fleck etwas anderes als eine folgenlose Besonderheit des einzelnen Fisches gewesen wäre. Der Fisch steckte noch weitere an.

Ich fange den kranken Fisch mit einem kleinen Netz. Es bereitet mir etwas Mühe, aber bin ich mit dem kleineren doch viel beweglicher als mit dem großen. Nach einer Weile habe ich ihn dann auch. Ich hole ein Glas aus dem Tiefkühlfach. Darin befindet sich Wasser in dem ich irgendwann einmal Unmengen von Salz aufgekocht und verrührt habe. Das hat zur Folge, dass es bei Minusgraden nicht gefriert und das

wiederum soll den Fisch beim Kontakt augenblicklich töten - ohne das er etwas spürt. Ich bewege das
Netz vom Aquarium zum Glas, stülpe es darüber um -
alles soll schnell gehen - und beobachte wie der Fisch
in das kalte Salzwasser fällt und noch zwei oder drei
Schwimmzüge macht bevor er auf die Seite kippt und
leblos an der Oberfläche treibt. Ich kann nur hoffen,
dass diese letzten Bewegungen so etwas sind wie das
Zucken des Karpfens in Mutters Küche, obwohl dieser schon seit Stunden tot ist, aber wissen kann ich
das nicht.

Immer wenn ich dachte, dass es jetzt vorbei sei mit
der Seuche, sah ich einen neuen weißen Fleck. Mittlerweile hat der Pilz schon die Hälfte des Schwarms
erwischt. Er nimmt sich einen nach dem anderen.
Ich bringe es nicht übers Herz sie heraus zu nehmen,
wenn sie noch agil sind und fressen und schwimmen.
Es wäre sicher besser für den Rest, aber ich lehne
den Gedanken ab, dass einer sich zum Wohle vieler
opfern lassen sollte. Und eine Garantie, dass nicht
schon längst andere angesteckt sind würde mir das
auch nicht geben. Wenn sie schwach sind, nicht mehr

schwimmen, sondern nur noch auf der Stelle zucken, dann fange ich sie heraus. Wenn das Netz kommt entfesselt das in ihnen noch einmal Kräfte und es kann ein wenig dauern bis sie müde werden. Was danach kommt würden viele wohl Erlösen nennen, aber für mich fühlt es sich an wie Mord. Die Fische verstehen nicht, wenn ich ihnen vor und nach der Tat tausend mal beteure wie leid es mir tut. Für sie macht es keinen Unterschied. Ich habe sie ja auch überhaupt erst in dieses Biotop gesetzt, das mit seinem abgeschlossenen Raum die Ansteckungsgefahr im Vergleich zur Natur sicher vertausendfacht.

Nach der Tat lege ich den toten Fisch auf ein Stück Toilettenpapier, falte es über ihm zusammen und sage ein paar Worte. Dann lege ich das kleine weiße Päckchen in die Toilette, schließe den Deckel und spüle. Dabei hoffe ich auf irgendeine Art von Jenseits in dem wir alle gleich sind und die Fische mir verzeihen. Die Toilette ist sicher nicht der würdigste Ort für Tote und ich dachte anfangs drüber nach sie zu begraben, aber ein Fisch gehört nicht in die Erde.

Am Abend erzähle ich Sophie dieses Mal nichts davon. Vor ein paar Wochen forderte sie mich auf einen kranken Fisch heraus zu fangen. Und weil ich es so schrecklich finde und ich es aber immer machen muss, habe ich ihr gesagt, dass sie es doch selber machen soll, ohne daran zu denken, dass sie zum Thema Tod grad ein sensibles Verhältnis hat, da es noch nicht lange her ist, dass sie ihren Vater verloren hat. Danach erzählte sie mir wie schlimm sie es fand.

Beim GZSZ-Gucken langweile ich mich heute, was eigentlich nie vorkommt und ich schaue mir die Voraussetzungen für die Bewerbung an, die ich dann morgen abschicken will. Ich stelle fest, dass die Deadline heute ist und nicht wie gedacht morgen und dass heute noch eine halbe Stunde hat. Ein wenig geschockt und verärgert über mich selber erzähle ich Sophie davon. Sie klickt auf Pause und sagt, dass das sehr ärgerlich sei, aber ich solle jetzt still sein, weil wir GZSZ schauen.

Donnerstag

Jeder morgen beginnt für mich mit der Vorstellung mich mit einem beherzten Griff aus dem Leben zu nehmen. Es ist auch das letzte woran ich denke bevor ich einschlafe, was ich mir vorstelle um den Tag gehen zu lassen. Es beruhigt mich irgendwie und ich habe schon drüber nachgedacht, ob mich das wiederum beunruhigen sollte, aber das tut es nicht. Es gibt ein paar unterschiedliche Varianten, aber der Drang zur Tat ist immer groß, ohne zu zögern, unsentimental, nüchtern, befriedigend.

Im Laufe des Tages hat es dieser Pragmatismus schwer. Immer wieder setzen Zweifel ihre Nadelstiche - nicht in Form von Logik, sondern von reiner Bauchemotion. Kurzes Stechen in Magen oder Herz.

Dann ist es wieder weg und dann ist es wieder da. Einfach so. Und dann beginnt man zu grübeln, nicht zu denken - gedacht habe ich sowieso schon oft und da kam ich immer zu dem einen Schluss, der dann auch so heißen soll. Aber besonders am Nachmittag muss ich mich stark gegen aufkommende Sentimentalität wehren. Am Abend wird sie manchmal sogar noch stärker und manchmal ist sie dann auch wieder ganz weg. Unabhängig davon wie viel ich getrunken habe. Am Morgen erscheint aber wie gesagt noch alles einfach - die Umsetzung, der Plan, ein Kinderspiel.

Ich bin also in meinen Todesfantasien versunken, liege auf dem Bauch, meine linke Gesichtshälfte in die Matratze gedrückt, die Bettdecke liegt irgendwo halb auf mir. Wir wohnen seit über drei Jahren hier und wissen von den bereits erwähnten LKW - verniedlicht Müllautos genannt - die jeden Tag in Kolonne zwei mal an unserem Haus vorbei brettern. Aber manchmal scheint es, als würden die Müllmänner hart an einem Lautstärkerekord arbeiten, als wäre es das, was ihnen den Sinn und damit die Kraft gibt jeden Tag auf Arbeit zu gehen. Sowie eines dieser Ungetüme da unten lang fährt schrecke ich hoch, die Katzen springen akrobatisch über mich hinweg und flüchten in den Flur. Ich schaue nun aufgerichtet raus auf den Balkon, auch wenn es da natürlich gar nichts zu sehen gibt. So bleibe ich für mehrere Sekunden. Es muss ein sehr langes lautes Auto sein. Sobald es dann weg ist lasse ich mich zurück auf den Rücken fallen, starre an die Decke und verarbeite den eben erlebten Terror. Die Katze hat sich wieder ein paar Schritte herein getraut und schaut mich nun mit wachen Augen an.

So bleibe ich noch eine halbe Stunde liegen, stehe dann auf und ziehe mir Kleidung an mit der ich auf die Straße gehen kann, denn ich muss Kaffee kaufen gehen. Salz ist auch alle. Und Tomate existiert grad bei uns weder als Frucht, noch in der Büchse, noch als Mark, noch sonst irgendwie. Und da ich den Traum meiner Kindheit lebe und jeden Tag Nudeln mit Tomatensauce esse, ist das noch ein größerer Grund den Supermarkt aufzusuchen als der Kaffee. Im Supermarkt werde ich vergessen haben, dass ich außer Kaffee und Salz noch etwas anderes kaufen wollte.

Am Ende der Treppe nach unten sehe ich den Briefkasten und mein Magen zieht sich zusammen. Ich erwarte das Schreiben der Stiftung - der letzte Strohhalm, der allerdünnste Strohhalm. Es ist noch viel zu früh für Post, aber ich bin mir ziemlich sicher, dass es heute kommen wird. Dass der Anblick meines Briefkastens Panikattacken unterschiedlicher Schwere auslösen kann ist für mich nichts neues. Unterm Strich kam einfach viel zu wenig positive Post bei mir an. Es gab eine Zeit da habe ich gegen dieses Gefühl gekämpft und auch gewonnen. Aber jetzt ist es mir auch egal.

Zurück vom Einkaufen mache ich mich daran die Haken, die Sophie gekauft hat, an den Garderoben zu befestigen, die ich nur gebaut hatte, damit die Katzen darauf herumklettern können. Ich setze sie über die Schraubköpfe der Schrauben die die Konstruktion in der Wand halten. Die Schrauben, die mit den Haken geliefert wurden sind ziemlicher Schrott. Mein Schrauber verwandelt ihr Kreuz in kürzester Zeit in einen Kreis und am Ende muss ich einige Schrauben mit dem Hammer reinschlagen. Will man die Garderoben irgendwann wieder abbauen braucht man eine

Flex oder einen Vorschlaghammer.

Die Schrauben waren paarweise in Plastik eingepackt und befanden sich so wiederum in einem größeren Plastiksäckchen mit jeweils einem Haken pro Schraubenpaar. Die ganze Verpackung führt dazu, dass ich den Müll runter bringen muss. Ich versuche noch alles in unseren Plastikmüllsack zu stopfen, aber der reißt. Ich fluche und muss viele Einzelteile irgendwie unter meine Arme klemmen.

Da ist wieder der Briefkasten. Ein Mann steht grad davor und wirft Werbung für ein mexikanisches Restaurant ein. Er hält mir die Tür zum Innenhof auf damit ich mein Müllbusiness erledigen kann. Dann gehe ich wieder zum Briefkasten, öffne ihn und finde meinen Strohhalm in so kleine Schnipsel zerhackt, dass ich mich nun nicht mehr fragen muss wie eigentlich Mikroplastik ins Shampoo kommt. Dazu ein Zettel mit dem sinngemäßen Wortlaut: *Sorry*.

Nach meiner Nudel- und Rote Rosen-Routine fahre ich ins Atelier. Auf dem Weg führe ich eines meiner ausgedachten Interviews mit mir selber. Was ist ein Arbeiter? Ein Arbeiter ist jemand, der fünf Tage die

Woche acht Stunden am Tag als Angestellter einer Tätigkeit nachgeht und diesen Zustand unabhängig von der eigenen Laune für die einzige Option hält. Der Arbeiter nennt diesen Zustand normal. Was ist ein Arbeiterkind? In etwa das Gleiche. Diese Gewissheit wird vererbt. Und wenn nicht? Dann hat es das Arbeiterkind schwer.

Ich schaue mir drei Arbeiten im Wechsel an. Kann nur von einer sagen, dass sie fertig ist. Die ist gut. Ich baue das Stativ auf und fotografiere sie abwechselnd. Von jeder sechs Fotos. Jeweils zwei in drei unterschiedlichen, voreingestellten Modi. Ich habe noch nie viel Interesse für Fotografie aufbringen können.

Ich rauche und starre an die Wand. Als ich noch mehr geraucht habe kam die erste Zigarette noch früher am Tag und hat mir immer eine kleine Panikattacke geschenkt. Die zweite manchmal auch. Ich habe mich dann mit den Attacken arrangiert, aber nicht das Rauchen hinterfragt. Als Sophies Vater starb, habe ich versucht für sie aufzuhören und das hat auch weitestgehend geklappt. Bis ihr Leid in den Hintergrund trat und meins wieder vor kam und mir außerdem bewusst wurde, dass Krebs wohl keine Gefahr für mich darstellt. Wenn ich nach Hause komme und sie mich riecht, macht sie aus ihrer Enttäuschung kein Geheimnis.

Victor ruft an und sagt, dass er in Mitte ist und heute Abend zurück nach Dresden fährt. Ich habe noch keine Farbe angerührt und sage, dass ich in 30 bis 40 Minuten bei ihm sein kann und mache mich auf den Weg. Ich komme genau in dem Moment an als die Galerie alle Gäste rauswirft und schließt. Viktor schlägt vor zu einer anderen Eröffnung zu gehen, die nicht weit weg ist. Auf dem Weg dahin erzählt er mir, dass er in der Ausstellung die er kuratieren wird keinen Platz für mich hat. Es fällt ihm nicht leicht wie er sagt und erklärt mir auch einleuchtend warum das so ist, aber ich kann meine Enttäuschung nicht verbergen und sage immer wieder wie bekloppt, dass ich das verstehe. Dann fängt er an laut zu überlegen mich doch irgendwie hineinzubekommen und jetzt fühlt es sich an als würde er mich bemitleiden und das tut er auch. Er sagt er habe noch keine zeichnerische Position und dass er einige meiner Grafiken interessant fände. Wir reden lange darüber was er meint, meine Zweifel und einigen uns darauf über eine Präsentationsform nachzudenken und ich bin froh, dass wir das Thema dann gehen lassen können.

Wir verbringen den restlichen Abend genau an einer Stelle. Ein Mädchen um die 20, die uns wegen ihres tiefen Ausschnitts schon lange aufgefallen ist, kommt zu uns und fragt was wir hier eigentlich machen. Wir verstehen nicht ganz, aber sie fragt aus reinem naiven Interesse und so sagen wir es ihr. Dann erzählt sie uns, dass sie Biologie studiert und ich sage *Annihilation*.

Ein hagerer, nicht besonders großer, um die 40jähriger Typ mit dünnem, nach hinten gebundenem Haar - meine Mutter würde ihn einen *Kniffo* nennen - kommt und versucht sich in unsere Runde zu integrieren. Unglücklicherweise mache ich den einladendsten Eindruck auf ihn und er wendet sich mir zu. Ganz am Anfang des Gesprächs, nämlich als es für zwei Sätze noch eins ist, wirkt er gar nicht so verrück. Aber dann entschließt er sich immer wieder das selbe zu sagen. *I tried and I failed, tried and failed, tried and failed. I tried and tried and tried and tried. And I failed. I got no money. I got nothing. No money. And now the Berlin Club Unit comes to me and asks what they can do for me.* Ich habe nicht im geringsten Lust irgendwo da einzusteigen. Aber es ist zu spät. Alles was mir bleibt ist mich von seinem Mundgeruch weg zu drehen.

Der verrückte gibt irgendwann auf, das Mädchen ist auch längst weg. Irgendwann sehe ich sie gemeinsam rumstehen. Victor muss zu seinem Bus und ich bringe ihn noch zur nächsten Station bevor ich mich angetrunken selber auf den Heimweg mache.

Zu Hause lade ich die Atelierbilder von der Kamera auf den Computer und verliere mich in Dingen, die ich eben so mache und ich *Arbeit* nenne. Sophie ist schon vor einer Weile ins Bett gegangen und ruft mich aus dem Schlafzimmer an. Sie fragt mich, ob ich das, was ich mache nicht auch im Bett machen könne und ich sage ihr, dass das nicht geht. Ich sage ihr, dass ich arbeite und dass ich mich konzentrieren muss. Sie sagt, dass sie morgen auch konzentriert sein muss und dass sie aufwacht, wenn ich spät ins Bett komme und dann nicht mehr einschlafen kann. Ich lehne es ab darüber zu diskutieren und mache weiter.

Freitag

Sophie hat heute einen Zahnarzttermin und geht noch früher als sonst aus dem Haus. Vorher setzt sie sich auf die Bettkante und schaut mich an. Es fällt mir schwer ihren Blick zu erwidern. Sie sagt, sie fände es schön, wenn ich die Pflanzen auf dem Balkon gießen und Staubsaugen könnte. Und dieses Mal die ganze Wohnung. Ich atme einmal tief ein und dann wieder aus. Meine Augen verdrehen sich nach rechts, dann folgt mein Kopf und schließlich der Rest meines Körpers. Ich warte bis sie wortlos aufsteht und geht.

Ich rolle meinen Körper langsam zur Seite des Bettes um aufzustehen. Fällt eigentlich nur mir auf, dass die Schwerkraft schon wieder zugenommen hat? Ich gehe in die Küche um Kaffee zu kochen, vergesse da

aber was ich vor hatte, bis ich die Küche wieder ver-
lasse und es mir im Flur wieder einfällt. Ich schaue
nach verpassten Anrufen und eMails. Nichts. Ich
schaue nach aktuellen Entwicklungen auf dem Fuß-
ball-Transfermarkt. Zwischenzeitlich habe ich große
Mühe die Gedanken an Sonntag wegzuschieben. Ich
öffne einen neuen Browser-Tab und suche Rasierklin-
gen. Bei dm kann man sie nur online bestellen, nicht
in der Filiale kaufen. Aber in einer Rossmann-Filiale
sollte ich fündig werden. Ich bekomme einen Anruf.
Man fragt mich, ob ich nächste Woche arbeiten könnte. Ich sage, dass ich so etwas nicht mehr mache.
Ich ziehe mir meine Sportsachen an und gehe raus um
zu laufen. Meine Sportsachen bestehen aus einer ro-
ten kurzen Hose von Puma und einem weißen Trikot
von Adidas, das am Rücken dann doch schwarz ist,
dessen Ärmel blau sind und auch noch orangene und
silberne Akzente im Schulterbereich zeigt. Vor allem
hat es aber ein Avengers-Logo auf der Linken Brust,
ein Captain America-Logo auf dem linken Arm und
ein Captain America-Portrait auf dem rechten Arm.
Es liegt enger an meinem Körper, als alle anderen

Sachen die ich jemals getragen habe und ist gerade wenn es etwas wärmer ist eher ungeeignet fürs Laufen. Aber ich muss es tragen. Das hat Sophie gesagt. Schließlich hat sie es mir bei Humana gekauft.

Ich erinnere mich an ein Gespräch mit einer Psychotherapeutin, die damals meine Psychotherapeutin war. Sie attestierte mir eine Angststörung und erklärte mir damit meine körperlichen Beschwerden. Sie sagte etwas wie mein Körper sei immer im Alarmmodus, immer angespannt, immer zur Flucht bereit. Deshalb kribbeln auch meine Beine, weil Energie für sie bereit gestellt, aber dann nicht in Anspruch genommen wird. Ich habe sie daraufhin gefragt warum ich dann nicht schneller laufe, sondern jeder Schritt eine Belastung ist. Das war vor zwei Jahren. Heute laufe ich schnell und rund und regelmäßig.

Wieder zu Hause nehme ich mir ein graues Handtuch, lege es auf einen Stuhl, um dessen Polsterung nicht voll zu schwitzen. Der Kater kommt zu mir und verlangt Aufmerksamkeit. Katzenhaare bleiben an meinem feuchten Körper kleben. Es dauert etwa eine Stunde bis ich es schaffe aufzustehen und duschen zu gehen. Danach setze ich Wasser für Nudeln auf. Als es kocht fällt mir wieder ein, dass ich immer noch nicht einkaufen war. Ich überlege kurz einfach Pizza zu essen, entschließe mich dann aber dagegen.

Ich esse Penne mit Ketchup und Butterkäse, den wir noch in Scheiben im Kühlschrank liegen haben und von denen ich eine und eine halbe in kleine Stückchen zupfe.

Ich gehe zu Rossmann in den Schönhauser-Allee-Arcaden. In der Mall halte ich den Blick auf den Boden gerichtet. Mein Kopf wird ein wenig taub. Die Geräusche sind dumpf.

Wilkinson Sword Classic. 2,95€. Ich zahle mit EC-Karte bei einem stark tattoowierten Teenager-Mädchen.

Ich gehe die Stufen runter zur sBahn. Auf dem Weg kommen mir massenweise Menschen entgegen. Auf der blauen Anzeigetafel lese ich, dass der Zugverkehr zwischen Ostkreuz und Gesundbrunnen entfällt. Wegen eines Weichenfehlers oder so. Ich frage mich, ob das ein Codewort für etwas anderes ist. Dumpfer, kraftvoller Aufprall.

Ich drehe mich um, nehme die uBahn, steige dann um in die Straßenbahn. Neben mir sitzt ein Mann und schaut konzentriert in eine A4 große Broschüre - mehrseitig und farbig. Auf der linken Seite steht das TV-Programm von heute, auf der rechten Seite Angebote für verschiedene Kreuzfahrten. Ich bin wohl in den Berufsverkehr geraten. Wenn man sich so umschaut und sich überlegt wie weit die Menschheit gekommen ist, fragt man sich, ob es das alles wert war. Ganz egal, ob man meint, dass die Menschheit sehr weit gekommen ist oder gar nicht weit. Der Mann neben mir faltet seine Broschüre sorgfältig zusammen und steigt aus.

Im Atelier angekommen besuche ich meine Nachbarin, die ich erst letztes Wochenende kennengelernt habe, um sie nach Feuer zu fragen und um ein bisschen Small Talk zu halten. Ich bekomme beides. Sie malt mit Atemmaske, obwohl ich gar nichts giftiges rieche. Sie zeigt mir einen kleinen Kanister mit der Aufschrift *Verdünner*, als ich sie frage womit sie ihre Farben vermalt. *Verdünner*, that's it! Ich hätte nicht gedacht, dass ich noch etwas banaleres als schlichtes

Terpentin bei einer Malerin sehen könnte. Sie mischt die Farben an wie Wasserfarben in einem Schulmalkasten. Als ich das sage, scheint sie mir etwas beleidigt. Ich frage mich, ob es ihr bewusst ist, dass ihre Farben weder Glanz noch Tiefe haben und ob sie behauptet sie wolle das genau so. Sie erzählt mir, dass sie auch eine Zeit lang mit Acrylfarben gemalt hat. Ich denke mir, dass sie das auch hätte so beibehalten können. Nur die Maske hätte sie dann nun wirklich nicht mehr gebraucht. Leinölfirnis oder andere Malmittel würde sie nicht verwenden, weil ihr das zu langsam trocknet. Ein weiteres Argument für Acryl. Nachdem sie sich dann ganz kurz in meinem Atelier umgesehen und bemerkt hat, dass es ihr bei mir zu stark nach Lösungsmittel riecht, sagt sie, dass sie nun weiter arbeiten will und geht.

Ich setze mich und starre durch den Raum. Mein Blick fällt auf das weiße Kabel ohne Stecker, ohne Anschluss, das neben der Tür liegt und das ich schon ein Mal anprobiert habe.

Dann beginne ich meine Farben anzumischen und zu malen. Philipp ruft an und erzählt mir, dass seine Frau letzte Woche einen Schlaganfall hatte. Was zur Hölle? Ich nehme die Straßenbahn nach Friedrichshain. Paul wohnt am Boxhagener Platz und erwartet mich. Es ist wie immer - wir sind Freunde. Wir führen die selben guten Gespräche. Nur eben aktualisiert. Nach einer Weile klingeln David und Théo, die gemeinsam von irgendeinem Treffen mit Getränken kommen. Letzterer geht bald wieder, weil er müde ist. Dafür kommt Davids Frau und gemeinsam erzählt das Ehepaar eine Geschichte, in der letzte Woche die Polizei bei ihnen klingelte und fragte, wann David denn den Nachbarn das letzte Mal gesehen hätte. Es muss eine Weile her gewesen sein und irgendwann fragte David dann den Polizisten, ob es nicht sein könnte, dass etwas schlimmes passiert sei. Der Polizist soll geantwortet haben, dass man das schon riechen würde. Da unterbreche ich und sage, dass ich mir nicht so sicher sei, ob man es riechen würde, wenn sich einer in einem abgedichteten Badezimmer mit einem Grill umbringt.

Bald sind Paul und ich auch wieder allein. Ich trinke das letzte Bier. Paul ist zu Wein übergegangen. Er bringt mich noch zum Ostkreuz, weil ich mich sonst

verlaufen würde. In der Ringbahn sitzt ein Typ - betrunken, weiße Haut, Bart aus Faulheit, kurze karierte Hose mit vielen dicken Taschen. Vor ihm eine Tüte von McDonald's aus der er einen Cheeseburger nach dem anderen raus holt. Er hat Schluckauf. Ich denke an das Tier oder die Tiere, die gelebt haben, gelitten haben, gestorben sind, damit ein ekliger, blasser Besoffener mit Schluckauf noch nicht einmal schmeckt wie er sich ihr totes Fleisch einverleibt. Ein Cheeseburger kostet aktuell 1,29 € bei McDonald's.
Zu Hause treffe ich den Kater auf dem Sofa. Er wirft sich auf den Rücken und ich graule ihm mit vollem Einsatz den Bauch und rede mit ihm in Babysprache. Ich mache das Licht an und mache meine Dinge und er macht seine. Er jagt eine Fliege. Und von außen sieht es so aus als würde sie ihn provozieren. Warum fliegt sie nicht an die Decke und hat ihre Ruhe? Ich glaube manchmal das Spiel mit dem Tod liegt in der Fliegen-DNS.

Samstag

Sophie kommt rein und fragt mich wie es mir geht. Ich halte meine Hand am Handgelenk abgeknickt ein Stück hoch und drehe sie abwechselnd in die eine und dann in die andere Richtung. Sie fragt mich, ob ich nicht lieber ins Bett kommen will. Ich stimme zu, stehe auf und gehe ins Schlafzimmer. Die Katzen folgen mir. Aber nur um geradewegs zum Balkon durch zu gehen. Gerade als ich mich hingelegt habe fängt man an auf einer Baustelle vor der Tür zu arbeiten. Eine Einfahrt wird mit neuen Steinen bestückt. Vermutlich haben die übertrieben schweren Müllautos die alten kaputt gemacht. Was man jetzt hört ist das schwere Gerät, dass man über die Steine rütteln lässt um sie fest in den Boden zu stampfen. Dann hört man auf damit und dann fängt es wieder an und irgendwann ist es ganz vorbei und ich kann noch ein paar Stunden schlafen.

Sophie erzählt mir, dass sie grad zeitgleich jeweils eine Nachricht von zwei Freundinnen bekommen hat. In der einen ist ein Foto von der Hand der einen Freundin mit Verlobungsring am Finger. In der anderen Nachricht fragt die andere Freundin, ob Sophie und sie nicht eben mal telefonieren könnten, denn sie hätte *big news*. Was soll das schon heißen? Verlobung oder Baby. Warum ruft sie nicht einfach an und überrascht Sophie wirklich? Das anschließende Gespräch dauert Stunden. Es handelt sich übrigens um eine Verlobung.

Kanyes neues Album ist draußen. Vorn drauf steht *I hate being bipolar, it's awesome*. Es gibt Dinge die verzeihe ich nur Kanye.

Am Nachmittag bekommt Sophie Besuch von einer Freundin. Für den Abend ist geplant, dass Victor uns von zu Hause abholt und wir zu dritt zum Haus von Hans fahren, bei dem wir zum Abendessen eingeladen sind. Victor kommt dafür extra aus Dresden angereist. Ich erinnere Sophie daran und auch daran, dass ich pünktlich sein will, weil Hans mich darum gebeten hat. Sie verdreht die Augen ein wenig wie eine 14jährige, weil sie das grad spießig findet - so wie eine 14jährige Pünktlichkeit spießig findet. Sophie selber kann man aus vielen Perspektiven als spießig betrachten, dass es sich aber ausgerechnet beim Thema Zeit anders verhält ist absurd. Ich weiß auch nicht, ob das ihr natürliches Wesen ist oder ob sie irgendwann mal beschlossen hat so zu sein.

Victors Bus hat 40 Minuten Verspätung, also hat sich das mit der Pünktlichkeit ohnehin schon erledigt. Ich schreibe Florian eine Nachricht, dass er Hans sagen soll, dass wir uns nun doch verspäten, obwohl ich ihm versichert habe, dass ich persönlich dafür Sorge tragen werde, dass wir pünktlich 18.00 bei ihm sind.

Florian ist heute Abend auch eingeladen. Wegen ihm findet das ganze überhaupt statt. Hans ist vor langer Zeit auf Florians Arbeit aufmerksam geworden und war von Beginn an so verzückt, dass er ihn bald darauf kontaktieren musste. Irgendwann später habe ich dann Florian kennengelernt und über ihn dann auch

Hans. Ich glaube von mir hält Hans nicht viel und von meiner Arbeit auch nicht. Er lässt das aber nicht raushängen, denn er ist sehr höflich. Begeistern konnte ich ihn allerdings, als ich ihn auf einer Vernissage traf und er mich beim Small Talk fragte wo ich eigentlich studiert habe und er daraufhin fragte, ob ich dann nicht Victor kennen würde und ich ihm dann offenbarte, dass Victor ein guter Freund von mir ist. Daraufhin organisierte er dann recht schnell das heute stattfindende Abendessen auf der Terrasse, von der er schon viel erzählt hat.

Wir nehmen die Ringbahn zum Treptower Park und spazieren anschließend über die Brücke zur Spreeinsel. An der Sprechanlage gibt es ein Missverständnis, weil Hans davon ausgeht, dass wir mit dem *PKW* gekommen sind. Der ältere Herr mit Sonnenhut begrüßt uns im Treppenhaus. Ich habe ihn noch nie ohne einen Hut gesehen. Ich will ihm die Hand geben, aber er greift an mir vorbei um erst Sophie zu begrüßen, dann Victor und dann erst mich. Er führt uns durch sein Atelier im zweiten Stock. Schmale, längliche Räume. Er zeigt uns eine Auswahl seiner Arbeiten.

Die Griffe in den Grafikschrank sollen zufällig ausse-
hen, sind aber bestimmt genau geplant. Er zeigt uns
eine größere Bleistiftzeichnung und was darauf zu
sehen ist nennt er Kleist-Paar. Da liegen sie am See.
Da klingelt es und er wird in der Erklärung zu einem
anderen Bild unterbrochen. Florian und Nina sind gekommen und wir gehen alle gemeinsam eine Etage
höher zur riesigen Dachterrasse mit Ausblick aufs
Wasser. Hans erzählt den ganzen Abend über viel
übers Haus. Es wurde in den 90er Jahren gebaut und
ich finde das sieht man auch. Dazu verspielte Details,
die hier und da alleine und zusammenhangslos auf-
tauchen und verloren wirken. Die eingelassenen De-
ckengemälde mit Neonbeleuchtung gefallen mir aber
sehr.
Hans verliert sich schnell darin vom Ärger zu erzäh-
len, den er mit verschiedensten Behörden und anderen hatte, wenn er vom Haus erzählt, aber auch bei
anderen Themen. Nur als er am terrasseneigenen,
selbstentworfenen Pizzaofen eine Pizza nach der anderen für alle produziert - weil er das so will - ist diese
eigene Negativität für eine Weile nicht da. Das Essen

ist ausgezeichnet und irgendwann wird es dunkel. Er zeigt einen vorbereiteten Film über sein Haus und anschließend eine Slideshow über sich selbst, die aber etwas unstrukturiert erscheint, mit einem Beamer an die Hauswand projiziert. Dieses Gerät steht schon die ganze Zeit auf einem Stativ, unversteckt und rätselhaft, aber ich habe mich bis das Bild erschien nicht ein Mal gefragt warum.

Dann gibt es nichts mehr zu sehen und Hans bringt selbst angebautes Gras, womit er mich sehr überrascht. Der viele Weißwein den ich schon getrunken habe lässt auch nicht die normalen Bedenken aufkommen, die ich dem Kiffen gegenüber für gewöhnlich habe. Glücklicherweise sind die Joints, die jetzt rumgehen, so wirkungsfrei, dass ich Zweifel bekomme, ob das wirklich Gras ist was wir hier rauchen.

Vielleicht wirkt das Gras doch ein wenig, weil sich meine Gedanken auf dem Heimweg nur darum drehen was wir noch trinken könnten. Bier ist wegen dem Wein für mich keine Option und Wein beim Späti finde ich nicht gut. Bis ich mich daran erinnere, dass es ja auch noch Bars gibt und ich schlage vor eine aufzusuchen. Sophie will lieber ins Bett gehen, aber Victor willigt ein.

Wir landen in einer Kneipe, keine 100 Meter von meiner Haustür entfernt und Victor sagt mir, dass er gerne ein Bier hätte. Ich kann mir das aber einfach nicht vorstellen und halte das für einen Witz und bestelle zwei Wodka-Tonic. Er sagt, dass er wirklich lieber ein Bier gehabt hätte. Er versucht mit mir über die Ausstellung zu sprechen. Ich nehme an, mit der Entscheidung mich mit meinen Zeichnungen doch noch dazu zu holen, ist er einen inneren Kompromiss eingegangen und jetzt will er von mir, dass ich ihn im Nachhinein davon überzeuge.

Um unserem Gast nicht die Nachtaktivität der Katzen zuzumuten, sperren wir sie aus dem Wohnzimmer aus, wo Victor schläft und lassen dafür die Tür zum Schlafzimmer offen stehen und leiden jetzt selber unter der Nachtaktivität der Katzen.

Sonntag

Ich treffe Victor in der Küche. Ich mache Kaffee. Wir frühstücken Käsebrote. Die versprochenen Pfannkuchen kann ich ihm leider nicht anbieten, da Sophie - die dafür zuständig ist - mit Unterleibsschmerzen im Bett liegt.

Er spricht mich erneut auf die Ausstellung an. Dieses Mal kann ich ihn etwas beruhigen, täusche mit ein paar Worten einen Plan und Zwischenziele vor. Er will bald wieder nach Berlin kommen und wenn das nicht klappt, dann soll ich doch einfach mal wieder nach Dresden fahren. Dann ist er weg.

Sophie ist in der Zwischenzeit aufgestanden um ein wenig zu essen, dann aber gleich wieder ins Bett gegangen. Sie bittet mich Dolomin für Frauen kaufen zu gehen. Ich recherchiere Sonntagsapotheken und fahre mit dem Fahrrad zum Gesundbrunnen. Da muss ich allerdings noch eine viertel Stunde warten, weil die Mall noch nicht geöffnet ist. *Shopping am Sonntag, 13.00 - 18.00* steht überall geschrieben, als ich endlich rein darf. Viele Menschen freuen sich das Angebot wahrzunehmen. Ich versuche meine Verachtung zurückzudrängen, die beim Versuch aufkommt zu verstehen, warum ausgerechnet das Einkaufen an einem Sonntag etwas besonders Gutes sein soll.

Die Apotheke öffnet genau 13.00 und ich muss noch ein paar Minuten mit einem anderen Mann davor warten. Er erzählt mir, dass er selber unten seinen Laden aufmachen muss. Drinnen erzählt er das auch noch mal pampig und vorwurfsvoll einer der Apothekerinnen. Ich bin dann gleich nach ihm dran und versuche sehr langsam und ruhig zu sprechen. Sie findet das gut. Ich kaufe zusätzlich zu Sophies Medizin Ibuprofen 400 und Aspirin.

Zu Hause kann Sophie mit Hilfe ihrer Tabletten schlafen. Ich gehe ins Wohnzimmer und bin allein. Ich denke an die Szene mit Luke Wilson in The Royal Tennenbaums. Ich sehe die Arme vor mir. Ich bekomme Angst, kann sie aber wegschieben. Nach einer Weile werde ich sentimental, kann mich aber schütteln und den Trotz wieder hoch holen. Die Katze starrt mich an. Ich beobachte meine Atmung, mein Herz, die tauben Hände, mein drückender Tinnitus, an den ich mich mittlerweile schon gewöhnt habe. In einem Rauschgefühl packe ich meine Sachen wie jeden Tag. Dann gehe ich zu Sophie und setze mich zu ihr auf die Bettkante. Ich spüre ihre Wärme aufsteigen. Sie öffnet die Augen, schaut mich kurz an und fragt, ob ich sie alleine lassen will. Ich sage ihr, dass ich ins Atelier fahre. Sie dreht sich zur Seite. Ich stehe auf, versuche dabei leise zu sein und gehe ohne mich noch einmal umgedreht zu haben.

Alexander Denkert, Jahrgang 1985,
in seinem Berliner Atelier.

Ebenfalls erhältlich:

Weil ich dachte, dass ich muss (2018)

www.alexanderdenkert.com

www.kunstundkapitalismus.com

set the lake on fire